Para Daniel, mi querido cachorro humano. B. G. O.
Para Fede, mi pequeña cachorrita de león. C. V.

LOPE, EL LEÓN MIOPE

Dirección: Érica Martínez
Colección a cargo de Julia Carvajal

© Texto: Beatriz Giménez de Ory
© Ilustraciones: Cecilia Varela
© Ediciones La Fragatina

Correcciones: strictosensu.es
Diseño gráfico: pluc.es

Edita: Ediciones La Fragatina
Thinka diseño y comunicación, s.l.
Passeig Pere III 18, 5º3ª
08241 Manresa (Barcelona)
www.lafragatina.com

1ª edición: noviembre de 2016
ISBN: 978-84-16566-08-2
Depósito legal: HU-199-2016
Imprime: La Impremta

Este libro ha recibido una ayuda a la edición
del ministerio de educación, cultura y deporte

BEATRIZ
GIMÉNEZ DE ORY

CECILIA
VARELA

LOPE, EL LEÓN MIOPE

Ediciones
la fragatina

Es lunes y muy temprano:
en la sabana africana,
los cachorros de las fieras
entran en tropel al aula.
Los primeros, los guepardos,
pues corren más que ninguno.
Los elefantes ocupan
siete asientos cada uno.

Hay leopardos y panteras,
hienas rientes y cobras,
monos que comen y tiran
al suelo lo que les sobra.

Vienen también las jirafas
con el cuello muy erguido,
hipopótamos, lagartos,
y, llorando, un cocodrilo.

Con doce perros salvajes,
más de un millar de termitas,
que no traen bocata porque
prefieren comer las sillas.
Llegan los rinocerontes
(¡se les oye desde el patio!),
y un oso blanco polar
que es alumno de intercambio.
¡Vaya clase abarrotada!

¡Y aún vuelan, desde la costa,
cuarenta moscas tsé-tsé,
y tres kilos de langostas!
Ya solo falta el milano,
y dos hermanos leones:
uno es Sansón, el mayor;
el otro se llama Lope.

Pero Lope se ha perdido,
pasan lista y no lo encuentran.
Los demás cachorros miran
muy fijamente la puerta.
Las nueve ya, luego y cinco,
nueve y cuarto casi son,
cuando van a dar y media,
alguien llama: toc, toc, toc.

Por fin entra Lope y dice:
—Seño: creí que el aseo
era la clase, y después
me he metido en el ropero...

**¡Nadie sabe, pobre Lope,
que eres un león miope!**

La seño es peluda y mide
dos metros, o tres, quizá.
Es una seño gorila
y no hay que hacerle enfadar.

Sabe muchísimas cosas,
cuenta números y cuentos,
pero, ¡ay!, cuando se enoja...
¡se da golpes en el pecho!

La seño enseña los puños,
Lope contiene el aliento,
ella lo agarra y lo lleva
rápidamente a su asiento.

Les muestra el abecedario:
—Hoy aprendemos la uve.
Es como esa ave rapaz
que planea entre las nubes.

Lope entonces mira al cielo,
solo ve un manchón azul,
e imagina que la uve
serán los Mares del Sur.
—¿Cómo es, pues, Lope,
esta letra?
—Así, maestra Gorila.

Tomando un cubo de agua,
¡se lo vierte por encima!
–¡Lope es el mismo diablo!
Dicen todos entre risas.

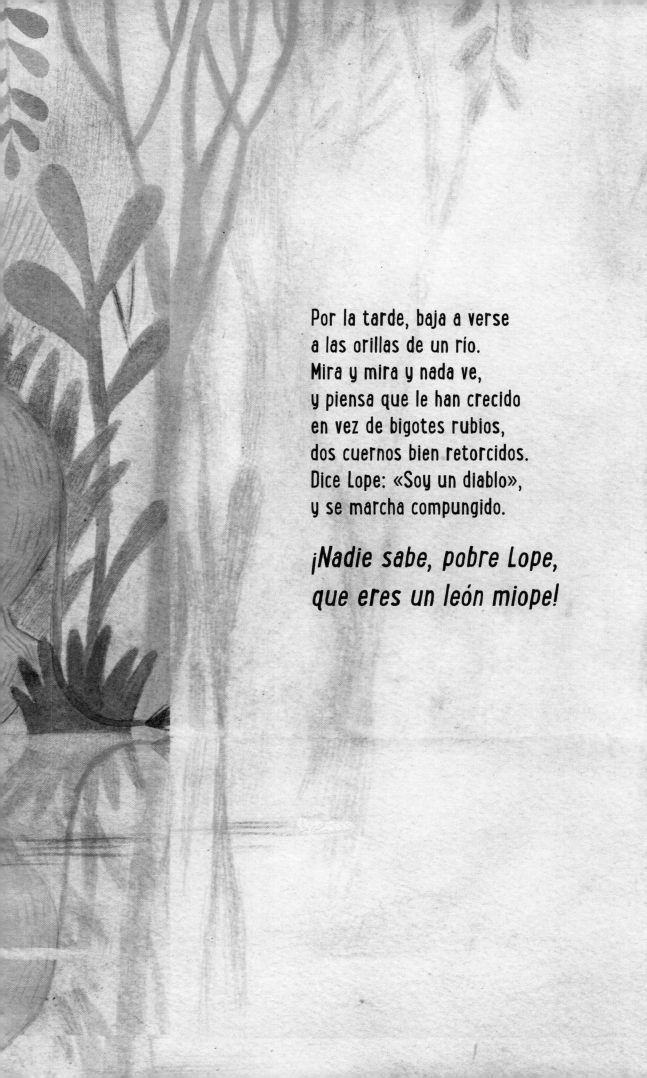

Por la tarde, baja a verse
a las orillas de un río.
Mira y mira y nada ve,
y piensa que le han crecido
en vez de bigotes rubios,
dos cuernos bien retorcidos.
Dice Lope: «Soy un diablo»,
y se marcha compungido.

**¡Nadie sabe, pobre Lope,
que eres un león miope!**

El martes toca ir de caza
con Madre, Padre y Sansón.
Todo león que se precie
ha de ser buen cazador.

Madre otea y huele el aire,
Padre agita la melena,
Sansón practica un rugido
que hace que tiemblen las cebras.

La noche llega deprisa,
aún no brillan las estrellas,
crecen en el suelo sombras
más negras que las panteras.

Entonces el melenudo
padre de Lope susurra.
Su voz, tan grave, le pone
a Lope el pelo de punta:

–¡Hay un antílope joven
tras aquel arbusto en flor!
Entre todos lo atacamos,
a la de una, a la de dos...

A la de tres corre Lope,
pues ve, en efecto, unos cuernos.
Da un zarpazo, pierde pie,
choca y se oye un fuerte estruendo.

Padre vuelve hecho una furia:
—¡La presa ha salido huyendo!
¿Qué haces subido en un tronco?
¡Cuánto ruido estás haciendo!

Porque Lope ha confundido
los cuernos con unas ramas,
y ahora se quedan sin cena...
para toda la semana.

Ruge padre, madre ruge,
y ruge después Sansón.
Del estómago de Lope
sale el rugido mayor.
Sansón protesta entre dientes:
–Eres, hermano, un payaso.
Nos dejaste sin comer...

¡Apártate y deja paso!

Con la cabeza agachada,
con el rabo entre las piernas,
con lágrimas en los ojos
a Lope solito dejan.
Él se mira en el arroyo,
el hocico, triste, asoma.
Cree que en lugar de colmillos
tiene una nariz de goma.
«Soy un diablo y un payaso».
Y mientras se aleja, llora.

**¡Nadie sabe, pobre Lope,
que eres un león miope!**

Es miércoles, y en la escuela
deben aprender la eme.
-Fijaos en las dos montañas
que en el horizonte crecen.

Lope mira el horizonte
cuando está saliendo el sol,
y se piensa que la eme
es hacer mucho calor.

–Explícanos, Lope, a todos,
la nueva letra de hoy.
–Fácil: cojo un abanico
y muchos aires me doy.

Dicho y hecho. Por la cola
agarra al milano Alfredo,
le arranca unas cuantas plumas
y con ellas hace viento.
¡A las jirafas el cuello
se les troncha de la risa!
¡De tanto reír, la cobra
ha mudado de camisa!
Seño Gorila se enfada:

–¡Ay, Lope,
qué ganso eres!

Se da dos golpes de pecho
y le manda más deberes.

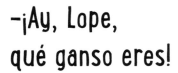

Lope acude ahora a mirarse
al agua quieta del lago.
No ve sus garras, y piensa
que son las plumas de un ganso.
«Soy un diablo, y un payaso
y un ganso» y va suspirando.

**¡Nadie sabe, pobre Lope,
que eres un león miope!**

El jueves ha decidido
que no volverá a la escuela,
pues es un monstruo, y allí,
solo admiten a las fieras.
Llora que te llorarás
se aleja de la sabana.
Como es tan corto de vista,
se mete en una cabaña.

Allí habita un viejecito
con gorro de explorador.
Se presenta, muy amable:
—Soy el doctor Livistón.
Lope busca en la penumbra
y, claro, no ve al buen hombre.
—Yo, un diablo y... no sé qué.
Lope dicen que es mi nombre.

El señor mayor se acerca
y le acaricia el mentón:
—¿Cómo piensas esas cosas,
cachorrito de león?

Entonces Lope le explica
lo de la uve y la eme,
(se calla lo de la caza
porque nuevas risas teme).

Livistón da largos pasos,
prensa tabaco en su pipa,
se lo fuma en una hamaca,
panza abajo y panza arriba.

—¡Ya di con la solución!
Se atusa el blanco bigote:

—¡Pobre Lope, nadie sabe
que eres un león miope!

Abre un estuche de cuero,
y de allí saca unos lentes
que le coloca al león.
—Ahora dime qué se siente.

Muy despacio, Lope gira
la cabeza por la sala:
—¡Uy, si usted es un viejito,
no un bulto, como pensaba!
Estamos en una choza
hecha con adobe y piedras,
tiene una ventana chica
y una cocina a la izquierda.

Hay en la pared estantes,
en los estantes hay libros,
y los libros tienen lomo,
y ese lomo es amarillo.
—¡Ya ves, Lope! ¿Qué más ves?

—Hay hojas blancas de seda,
y encima corren hormigas.

—No son hormigas...
¡son letras!

—¡Es verdad! Esta es la eme,
como los montes de afuera,
y esta debe ser la uve,
como pájaro que vuela.

—Vuelve a casa, Lope, amigo,
y mañana ve a la escuela.
Pues ya sabes dónde vivo,
vente a comer cuando quieras.

Livistón le dice adiós
asomado a una ventana.
Lope se aleja y responde
saludando con las garras.

El viernes al mediodía
explican la letra ese:

—Es una línea curvada
que parece una serpiente.

Encima de la pizarra,
Lope ve el trazo de tiza.
Seño Gorila le pide
a Lope que lo repita.

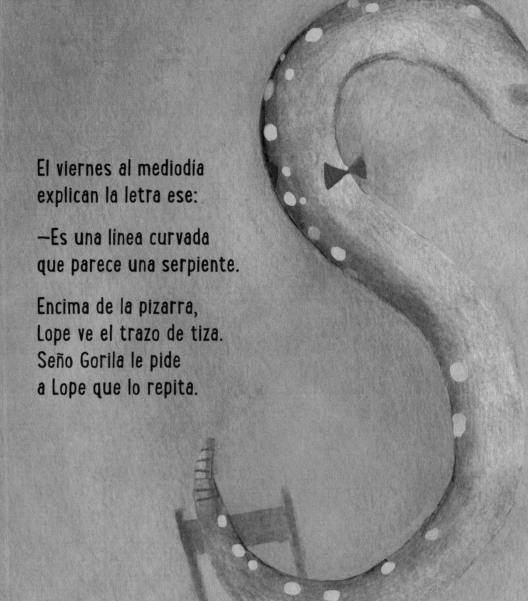

El león se ajusta los lentes
y esto responde enseguida:

—Del alfabeto español
la ese es la letra veinte.
Es como el cuello de un cisne,
además de una serpiente.

Y es un baobab que crece
con el tronco muy torcido,
y es una vaina arrugada
y un gusano pequeñito.
Y es el río que alimenta
al verde sauce llorón,
y es el camino a la casa
de mi amigo Livistón.

La señoGorila alza
un puño hasta su nariz
y, en vez de darse en el pecho,
lo usa para aplaudir.

De repente, los demás
también quieren llevar gafas.
Se las compran el milano,
la pantera y la jirafa.
El oso polar, que apenas
puede aguantar el calor,
ha aparecido por clase
con unas gafas de sol.
El hipopótamo Andrés
y el cocodrilo Tadeo,
como viven en el agua,
se las compran de buceo.

Las hienas, que siempre ríen,
trajeron unas baratas,
de esas que tienen narices
y bigote, y son de guasa.
Las termitas, por su parte,
han montado una colecta
y entre todas, usan una
sola gafa, de madera.
Y la cobra, que es tan chata,
se presenta, ¡pobrecilla!,
sin lentes, y va diciendo
que ella se ha puesto lentillas.
El mismísimo Sansón
lleva las monturas puestas,
mas ninguno como Lope
explica tan bien las letras.

Sin mirarse en el espejo,
Lope sabe, al fin, quién es:

—Soy Lope, el león miope,
¡y poeta soy también!

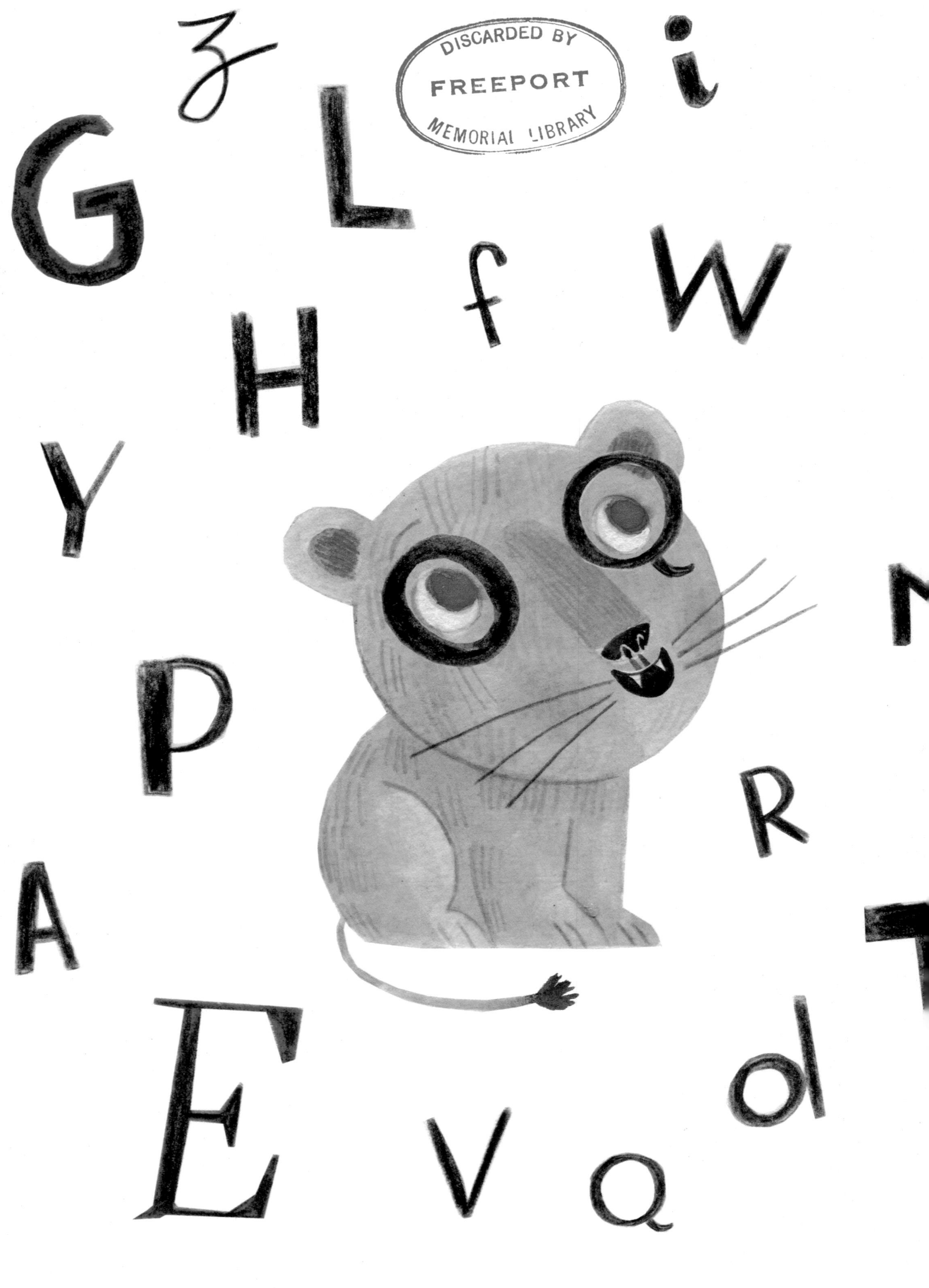